Cenicienta
Cinderella

Adaptación/*Adaptation:* Luz Orihuela

Ilustraciones/*Illustrations:* Maria Espluga

SCHOLASTIC INC.

New York Toronto London Auckland Sydney
Mexico City New Delhi Hong Kong Buenos Aires

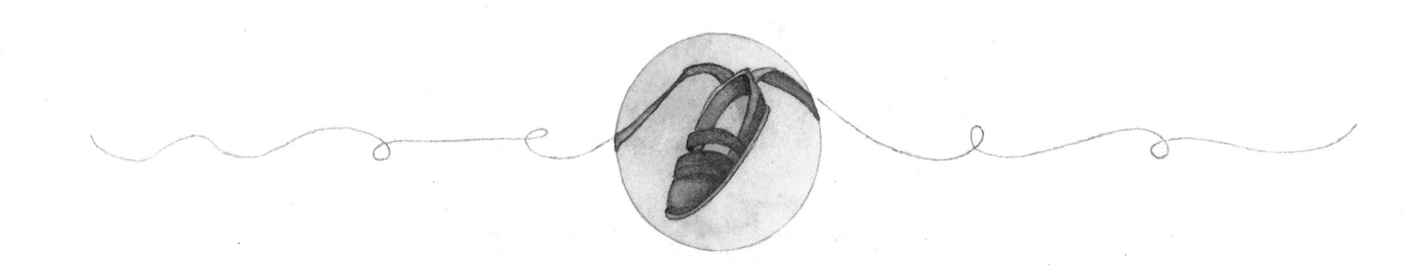

Érase una vez una pequeña huérfana.
Su mamá había muerto cuando ella era muy niña,
y su papá se volvió a casar.

Once upon a time there was a young orphan.
Her mom had died when she was very young,
and her dad got married again.

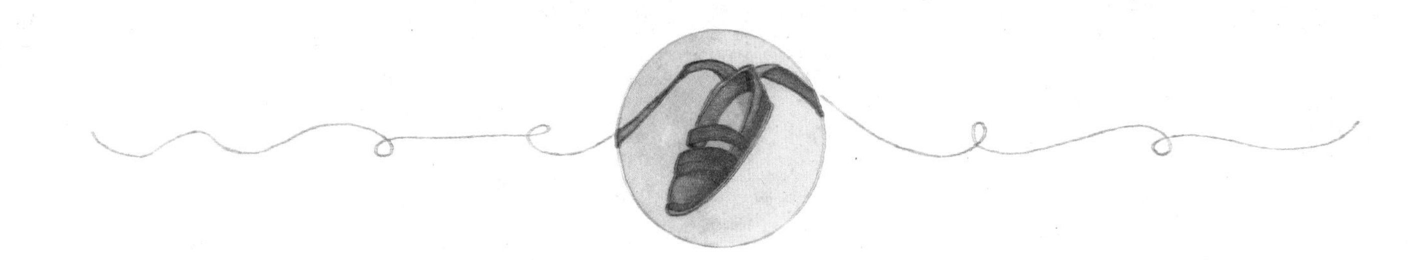

Pero la mala suerte hizo que su papá también muriera y la niña tuvo que quedarse a vivir con su madrastra y sus dos hijas.

Unfortunately, her dad died, too. The little girl now lived with her stepmother and her two daughters.

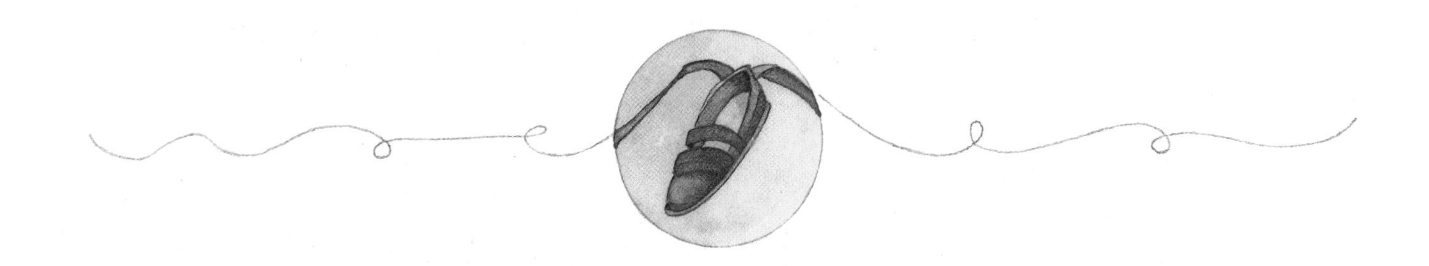

—De hoy en adelante, tú te encargarás
de todas las tareas de la casa —le dijo su madrastra.
Y a la pobre niña la llamaron Cenicienta.

"From now on, you must do all the chores in the house,"
said her stepmother.
They named the poor little girl, Cinderella.

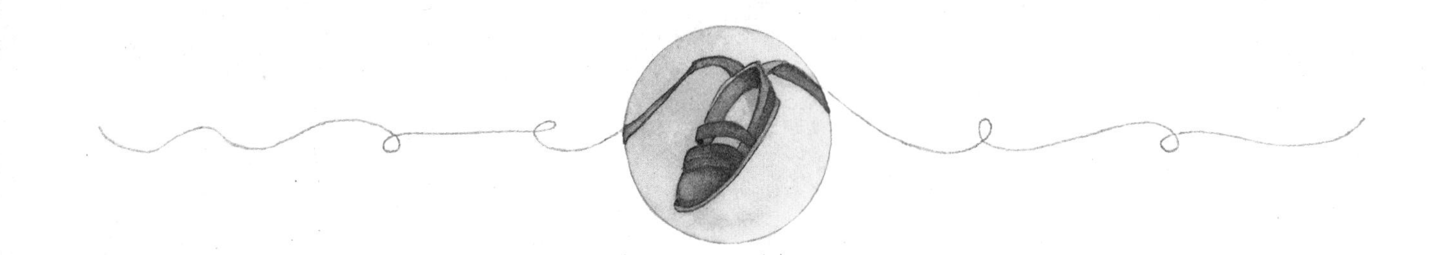

Un día, se presentó en la casa un mensajero real.
—Están invitadas al baile que el príncipe
celebrará en su palacio —dijo.

One day, a royal messenger came to their house.
"You have been invited to a ball at the palace
of the prince," said the messenger.

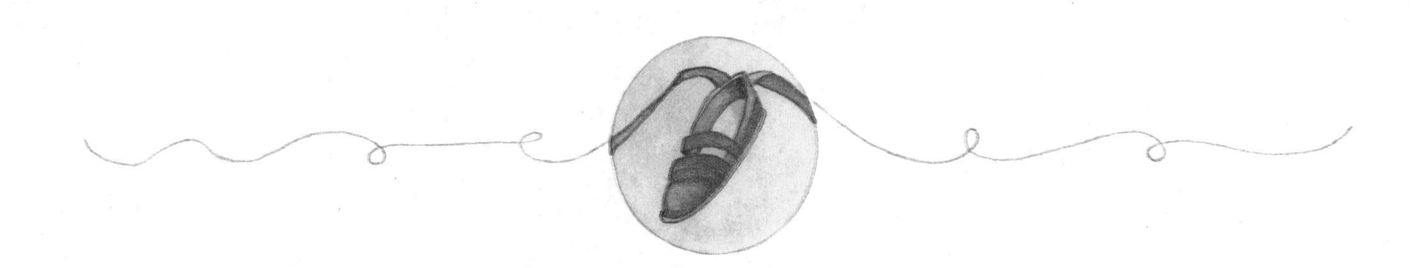

A partir de ese momento, en casa de Cenicienta no hubo ni un minuto de descanso. La madrastra y sus hijas tenían que hacerse los vestidos para el baile.

From that moment, there was no rest at Cinderella's house. The stepmother and her daughters had special dresses made for the ball.

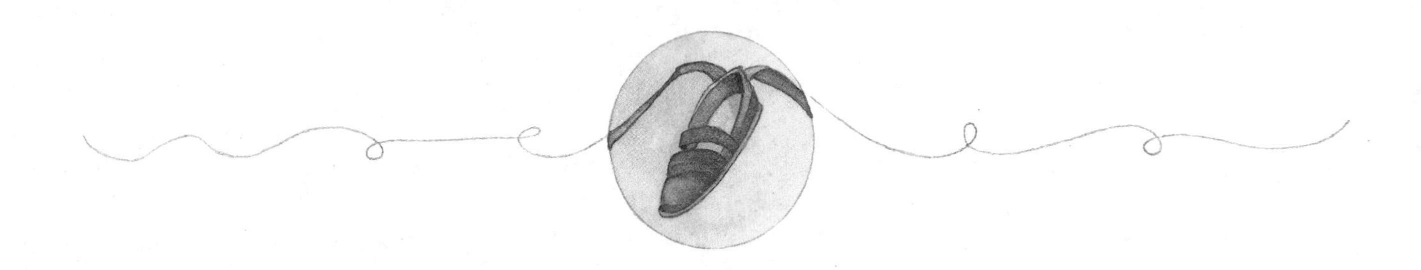

La noche del baile, la madrastra y sus
hijas le dijeron a Cenicienta:
—¡Qué pena que no puedas venir! Pero alguien tiene que
ocuparse de la casa mientras nosotras bailamos.

*The night of the ball, the stepmother and her daughters
told Cinderella, "It is too bad that you cannot come with us!
But someone has to clean the house while we dance."*

Mientras Cenicienta trabajaba y lloraba sin parar,
apareció un hada.
—No llores —dijo el hada—. Te daré este lindo vestido.
Y convertiré esta calabaza en una carroza para que
puedas ir al baile. Pero el vestido y la carroza
desaparecerán a medianoche.

*Cinderella cried as she cleaned the house.
Then a fairy appeared and said, "Don't cry. Here's a beautiful
dress. And I will make you a carriage from this pumpkin.
Then you can go to the ball. But at midnight, the dress
and the carriage will disappear."*

Cuando Cenicienta entró en el palacio, el príncipe la vio.
Se enamoró de ella y los dos bailaron toda la noche.
Pero antes de que dieran las doce, Cenicienta echó
a correr y perdió uno de sus zapatitos por el camino.

When Cinderella arrived at the palace, the prince saw her.
He fell in love and they danced all night.
But just before midnight, Cinderella ran from the palace
and lost a slipper.

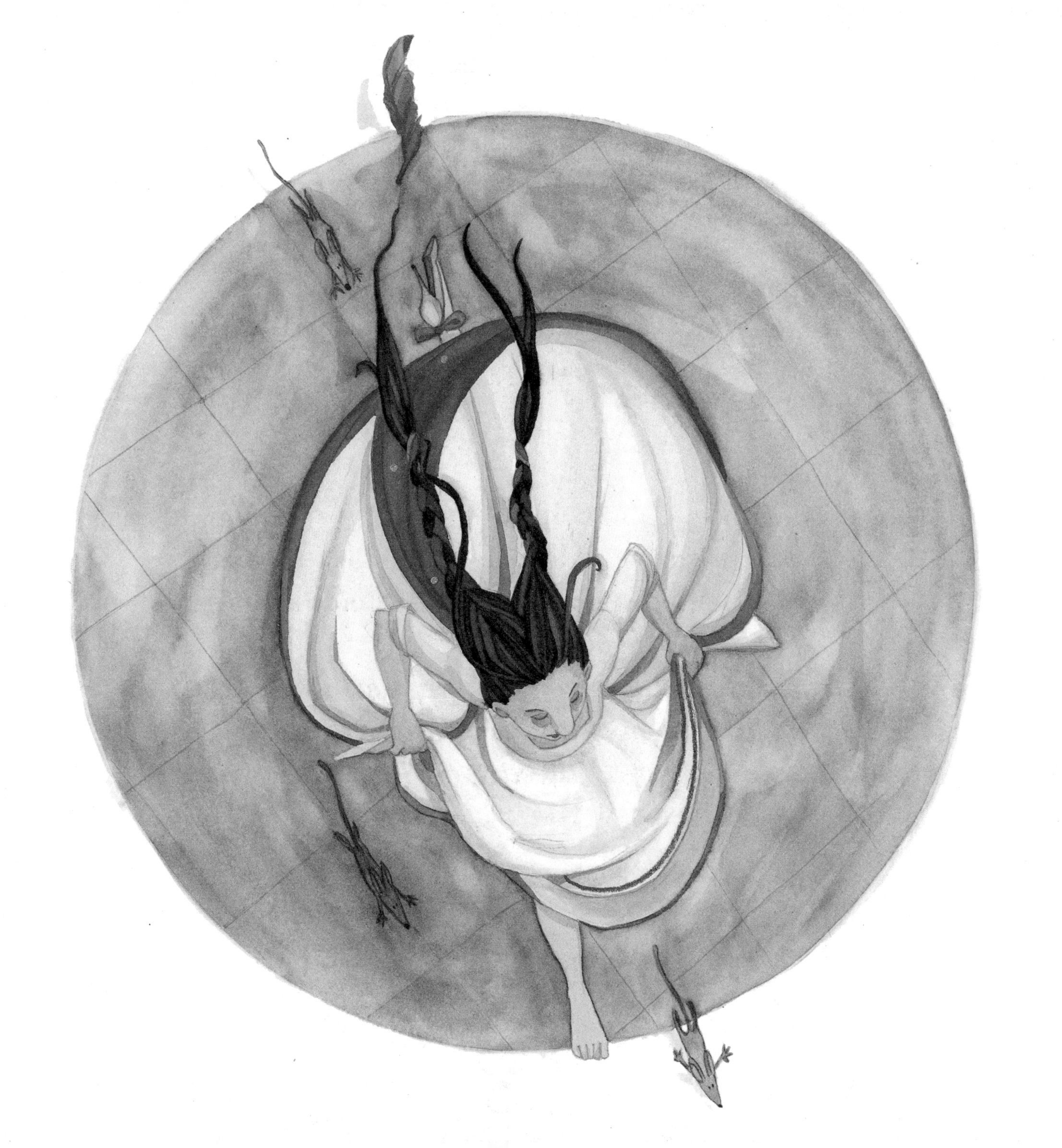

Al día siguiente, el príncipe y sus criados fueron de casa en casa buscando a la misteriosa joven. Pero a nadie le servía aquel delicado zapatito.

The next day, the prince and his servants searched for the mysterious young woman. But the delicate little slipper didn't fit anyone.

A las hermanastras tampoco les sirvió el zapatito. Entonces Cenicienta se lo probó y le entró como un guante.

The slipper didn't fit the stepsisters, either. Then Cinderella tried it on and it fit like a glove.

Todos quedaron con la boca abierta, excepto el príncipe, que reconoció a Cenicienta. La llevó a su palacio y vivieron felices para siempre.

Everyone was speechless, except the prince, who recognized Cinderella. The prince took Cinderella to his palace and they lived happily ever after.

ISBN 0-439-87195-6

12 11 10 17/0

Printed in the U.S.A. 40

First Scholastic bilingual printing, September 2006